THE
TALENTED TEENAGER
청소년 화가들의 상상그림책

상상그림책 5

지구별,
소리가 들려요~!

서울시교육청 대학부설소속
전통문화재단 영재교육원

차 례

지구별,
소리가 들려요~!

Chapter 1.

추천사 | 상상그림책 출간을 축하하며 8

이혜성의 여행 | 조은솔 11
어둠 속 등불 | 신유이 39
행성 Ac6178 | 김하원 69
거울 속 우주 | 노연진 97
별사탕 | 남여정 박민호 127

Chapter 2.

축하 글　|　요즘 꿈나무 화가들의 생각 150
지도 글　|　감성을 그리는 아이들 151
저자후기　|　그림책 작가 4인의 메시지 152

추천사

꿈나무 화가들의
상상그림책5 '지구별, 소리가 들려요~!' 출간을 축하하며

　전통문화재단영재교육원 미술영재 심화과정의 꿈나무 화가들이 그간의 한국화 수업에서 쌓은 실력을 바탕으로 그림책을 선보입니다. 한국화라는 미술 장르를 넘어 글과 그림이 만나는 상상그림책 출판 프로젝트입니다. 그림뿐만 아니라 글은 영재들의 창의성을 비롯한 여러 가지의 재능을 발견할 수 있습니다.

　이는 창의적 미래 인재를 육성하기 위해 우리미술 영재들에게 다양한 무대를 마련해 줍니다. 미술 영재 심화 과정의 상상 그림책 프로젝트는 전통적인 한국화 재료기법을 바탕으로 자신의 경험에서 길러낸 이야기를 오늘의 현대 그림동화로 창작하는 것입니다. 글쓰기는 아이들에게 보다 체계적인 사고 능력을 길러주며 자라나는 아이들에게 매우 중요합니다.

　이번에 다섯 번째로 출간한 '지구별, 소리가 들려요~!' 상상그림책은 미술 영재들의 글과 그림으로 엮어 풋풋하면서도 진솔합니다. 동시대 또래 아이들의 호기심과 공감을 불러일으키는 훌륭한 그림책입니다. 일상에서 길어 올린 이야기를 나름 빼어난 상상력으로 형상화한 미래 그림책 작가들의 재능을 만날 수 있습니다. 우리 그림이 글과 접목된 창작 동화를 만들어 보고자 했던 뜨거운 열정 속에서 미술 영재들의 작품을 통해 열매를 맺고 있습니다. 이 프로젝트를 통해 우리 아이들이 창조적 인재로 자라나게 되면 우리 문화 예술의 미래 또한 밝아지리라 믿습니다.
　여러분들의 2년에 걸쳐 심혈을 기울인 그림책 출판을 항상 응원합니다.

2024. 8. 15
김선두 화백

Chapter 1.
지구별

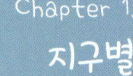

이혜성의 여행

조은솔

우주의 혜성에게도 마음이 있어요.
특히 헬리 혜성의 마음이 가장 특이했죠.
마음의 이름은 이혜성,
기분이 좋을 때면 밝게 빛나는 혜성이는
항상 유성을 들고 친구들을 만나요.

오늘은 최근에 사귄 친구, 알타이르를 만났어요.
"안녕! 오랜만이야!"
"응, 너는 어디가?"
"나? 태양을 만나러!"
"또? 정말 너의 첫 친구가 태양이라는 말이 사실이구나?"
"설마 질투하니?
그래도 너네를 한 번씩 만나고 태양을 만나려면 70년은 걸려."
"그래? 그럼 다행이고. 안녕!"

그래요. 혜성이에게는 친한 친구가 정말 많았어요.
그중에서 제일 친한 친구는 태양이었어요.
얼마나 좋은지 태양 근처에 가면 반짝반짝 빛날 정도였죠.

알타이르를 지날 때면 언제나
'난 친구가 너무 많아서 탈이야' 하고 걱정하지만,
혜성이의 친구가 이렇게 많은 이유는 모두 태양과 관련있어요.
태양까지 얼마나 남았는지 물어보다 친해지고.
태양의 친구여서 친해지고.
태양 근처에 있어서 친구인 별도 많죠.

혜성이는 게성운 근처를 지나갔어요.
혜성이는 생각했죠.
'저 게성운을 지켜주느라 고생했었어.
게성운이 터지면서 내 다리를 다쳤지. 오히려 뿌듯해.'

시리우스와 말싸움을 이어가다 문득 혜성이는
몸이 빛나지 않는 걸 보고 아직도 태양과
거리가 가깝지 않다는 걸 느껴버렸어요.
"안녕!" "야! 치사하게 도망가냐?"
혜성이는 어떻게든 시리우스와
빨리 헤어지고는 달렸어요.
저 멀리, 끝없는 우주를 계속…

하지만 하루 종일 쉬지 않고 달리다 보니 힘들었지요.
혜성이는 쉴 곳을 구하기 위해 우주를 천천히 돌았어요.
이번에는 늘 가던 길을 갔지만 70년이라는 시간은 무지 길었죠.
"빨리… 태양에게 가야 해."
하지만 혜성이는 결국 쉼터를 찾지 못했어요.
하는 수 없이 친구도 사귈 겸 근처 별에 기대야겠다고 생각했어요.
그런데 조금 전 기댄 별에서 갑자기 소리가 들렸어요.
혜성이는 불안했죠.
"오랜만이야… 헬리."

"넌…태양? 맞지?"
드디어 태양을 만난 거에요!
혜성이의 몸에서 아주 밝은 빛이 났어요.
언제나 그렇듯 빛은 온 우주에 빛났죠.
이번에도 다른 별들이 둘을 축복해 주었죠.
축복의 빛은 이번에도 온 우주에 퍼졌어요.
둘은 평소와 달리 아주 조용히 있었어요.

'왜 태양이 아무 말 안 하지?
보통 말을 먼저 거는데…' 혜성이는 걱정했어요.
'태양이 나이를 너무 많이 먹었나? 아님, 나한테 불만이 있나?'
하고 걱정했어요. 하지만 태양은 둘 다 아니었죠.
'혜성이가 날 싫어하나? 원래 재밌는 친구인데…'
이러다 친구 관계가 깨져버릴 판이었죠.

침묵을 깬 건 태양이었죠.
"왜 넌 요즘 궤도를 따라 돌지 않아?"
혜성이는 고민하다가 답했어요.
"널 위해서라면 어디든 갈 거야. 험난하든, 규칙을 어겨야 하든 간에!
넌 나의 소중한 친구니까!"
태양은 감동하였죠.
'날 싫어하는 줄 알았는데…역시, 아니었어.'
"고마워. 역시 우리 사이엔 최고의 우정이 있었어."
태양이 조심스럽게 말했어요.

행복은 인생의 전부예요.
혜성이에게는 우주의 모두가 자신의 인생의 전부이자 행복이었어요.
마음이었던 혜성이는 친구와 같이 있으면 마음이 공유되는 것 같았죠.
그리고 마음은 언제나 기쁠 때면 빛이 나죠.
태양, 혜성의 우정은 우주에서 가장 밝게 빛나는 별이랍니다!

어둠 속 등불

신유이

가장 산업화된 도시, 바로 미국의 뉴욕.
공교롭게도 그 도시에는 예전에 '라디아'라는
자연에 순응해 살아가던 인디언 부족이 자리잡고 있었다.
그날, 믿기지 않는 그날도 오늘 뉴욕의 밤처럼
환하게 빛나고 있었다.

'라디아'라는 부족은 별을 하늘의 등불이라고 생각하며 신성시했다.
그래서 성인식이 진행되는 오늘 같은 날은
부족 전체 사람들이 하늘에 등불을 올리는 축제를 벌이곤 했다.
그리고 오늘은 추장의 손녀인 샤샹카가 이 축제의 주인공이 될 차례였다.

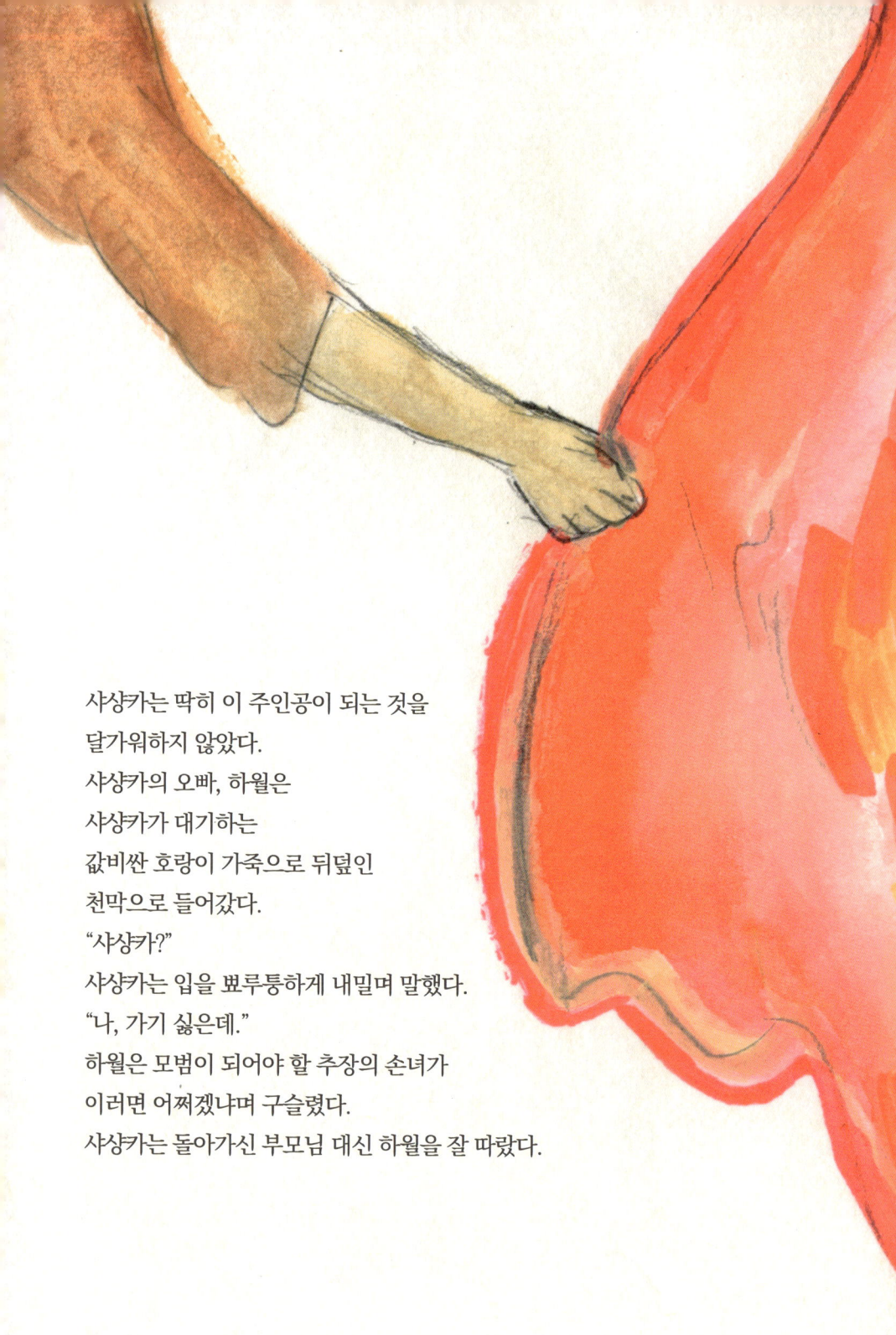

샤샹카는 딱히 이 주인공이 되는 것을
달가워하지 않았다.
샤샹카의 오빠, 하월은
샤샹카가 대기하는
값비싼 호랑이 가죽으로 뒤덮인
천막으로 들어갔다.
"샤샹카?"
샤샹카는 입을 뾰루퉁하게 내밀며 말했다.
"나, 가기 싫은데."
하월은 모범이 되어야 할 추장의 손녀가
이러면 어쩌겠냐며 구슬렸다.
샤샹카는 돌아가신 부모님 대신 하월을 잘 따랐다.

성인식 장소를 향해 10분쯤 걷기 시작하자
두 가지 변화가 생겼다.
첫째, 다리에 힘이 풀렸고,
둘째, 발밑에 축축한 흙이 밟혔다.
허드슨강에 가까워지고 있단 신호였다.
저 멀리 추장인 붉은 전갈이 보였다.

엉성해 보이는 나무토막을 이어 만든
다리를 열심히 건너자 저 멀리 준비된
샤샹카의 성인식의 장소가 보였다.
샤샹카가 가자,
화려한 등불들이 샤샹카의 손에 쥐어졌다.

샤샹카는 쥐어진 등불들을 하나씩 올리기 시작했다.
그리고 밤하늘 뿐 아니라 샤샹카의 얼굴도
별빛처럼 빛나는 등불을 하나씩 올릴 때마다 밝아졌다.
이제 새 별이 나타나길 기대할 시간이 되었다.
1시간, 2시간... 얼마나 시간이 흘렀을까,
결국 별은 나타나지 않았다.

부족 사람들은 걱정에 휩싸여 수군거리고,
결국 추장에 의해 해산되었다.
샤샹카는 그 이후로 충격을 받은 건지
방에서 흐느끼며 나오려 하지 않았다.

오히려 별은 하나둘씩 사라져갔다.
씩씩한 남자 여럿을 보내도 하늘을
올라갈 방법이 없어서 소득 없이 돌아오곤 했다.
마을 사람들은 원흉인 샤샹카가 별을 찾아오길 바랐다.
하월은 마을 사람들의 이러한 생각을 우연히 듣게 되었다.
그리고 이틀 후 다수결로 샤샹카가 별을 되찾아올지를
결정하기로 한 것도 알게 되었다.

하월은 샤샹카를 대신해 별을 찾아오기로 결심했다.
어리디어린 샤샹카가 모든 걸 담당하게 하고 싶진 않았다.
가기 전 부족이 신성시 하는 월계수 앞에서 예의를 취한 후
가지를 꺾어 행운을 빌었다.
하월은 얼른 걸음을 재촉했다.
뒤돌아보았을 땐 깃발이 멀어져가고 있었다.
순간, 몸에 밀웜이 붙어있는 것이 보였다.
분명 어제 낚시하다가 붙은 것일 것이다.

하월은 밀웜을 치우려 했다.
그런데 머리카락에 꽂은 월계수 나뭇가지가 꿈틀거리더니 길어져서,
하늘의 꼭대기와 하월이 있는 곳을 이어 주었다.
순간 붉은 전갈이 하월이 낚시할 때마다 했던 말이 기억났다.
"저 신성한 월계수는 밀웜을 몹시나 싫어하니,
너는 낚시할 때 저곳을 얼씬도 하지 말아라."
하월은 자신이 참 운이 좋다고 생각하면서
신비로운 월계수를 타고 올라갔다.

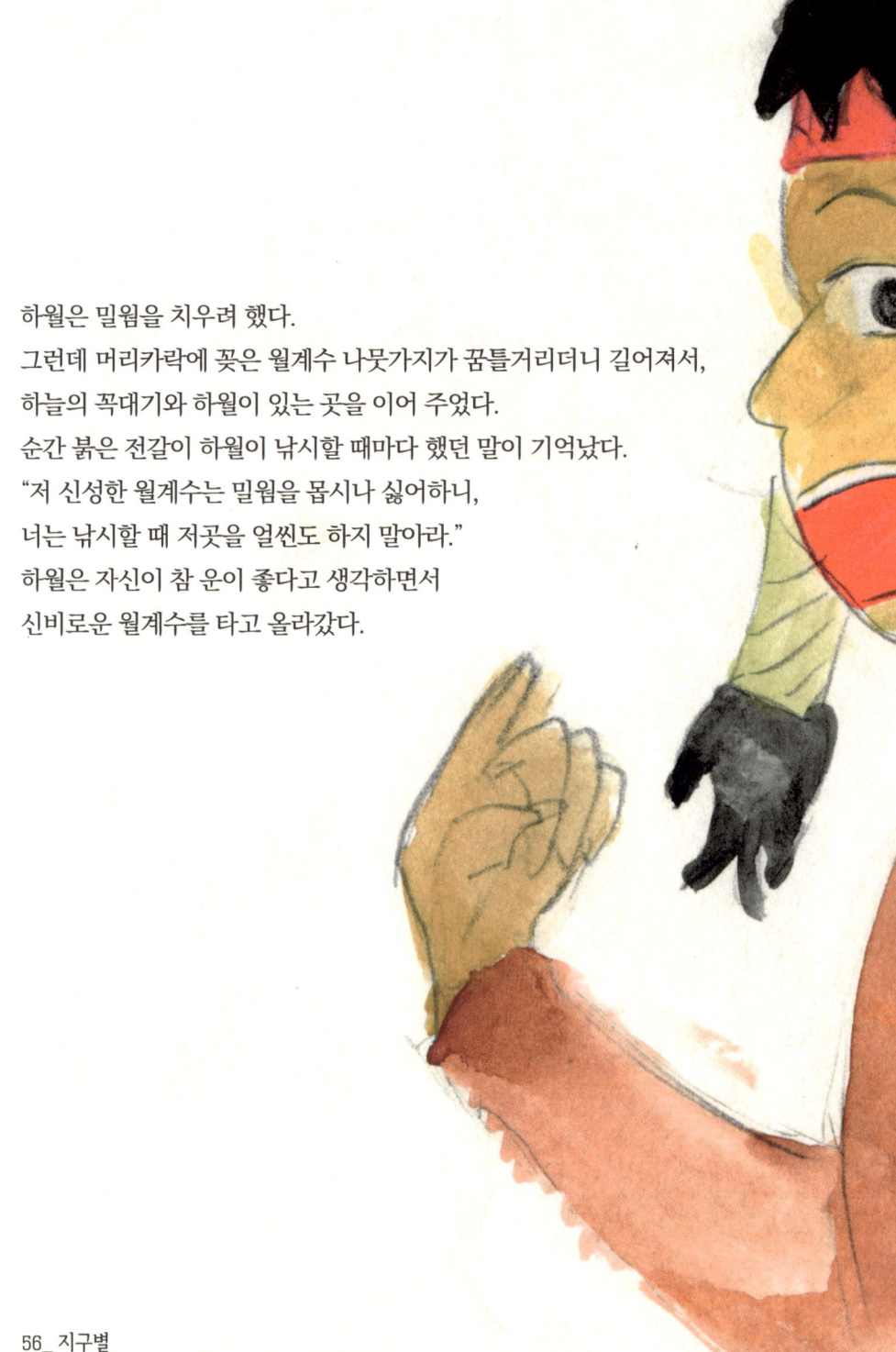

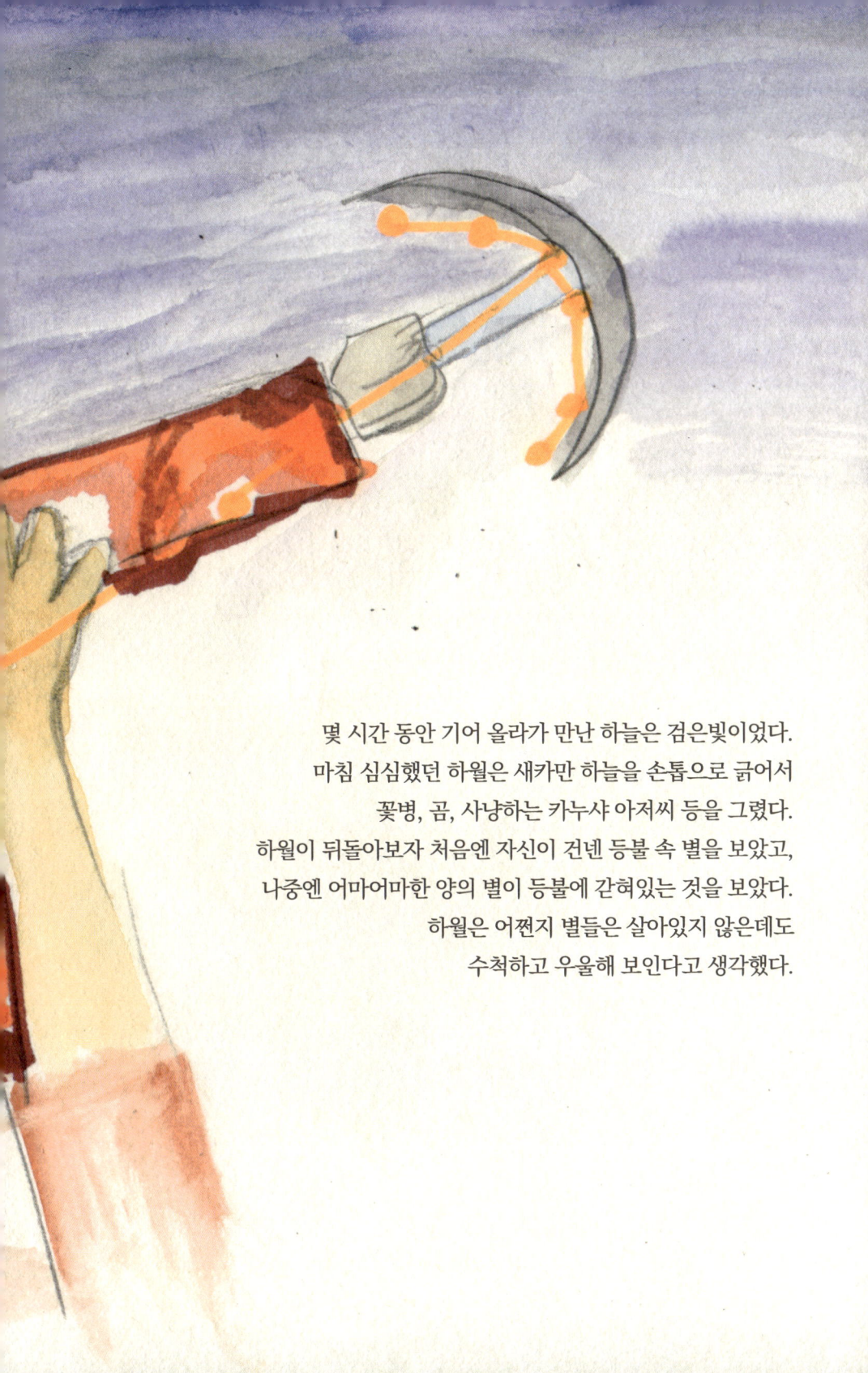

몇 시간 동안 기어 올라가 만난 하늘은 검은빛이었다.
마침 심심했던 하월은 새카만 하늘을 손톱으로 긁어서
꽃병, 곰, 사냥하는 카누샤 아저씨 등을 그렸다.
하월이 뒤돌아보자 처음엔 자신이 건넨 등불 속 별을 보았고,
나중엔 어마어마한 양의 별이 등불에 갇혀있는 것을 보았다.
하월은 어쩐지 별들은 살아있지 않은데도
수척하고 우울해 보인다고 생각했다.

"저기…"
"네?"
방금 바라보던 별이 하월에게 말을 걸었다.
별은 뜨거운 등불 속에 녹고 있었다.
얼른 별을 꺼낸 후 도움을 청한 별을 도와주기 시작했다.
녹아버린 별들도 눈에 띄었다.
순간 라디아에서 온 등불 덮개가 보였다.

라디아에서 만든 물건은 모두 편리했다.
그리고 그 중 하나가 바로 등불 덮개였다.
등불 덮개는 표범가죽으로 만들어서 고급스럽게 만들기 딱이었지만,
내부는 평소 쓰던 얇은 삼베와 달리 내부가 뜨거울 수 밖에 없었다.
이 사실을 알릴 것을 기억하며 하월은
녹아버린 별들을 자신이 그린 그림 위에 흘려보냈다.

하월은 정신없이 달려
마침내 라디아 깃발을 발견했다.
정겨운 깃발을 보니 눈물이
쏟아져 나올 것 같았다.
하월은 아직 다수결이
시작되기 전임을 알아챘다.
추장인 붉은 전갈이
아직 천막에서
나오지 않았기 때문이다.

하월은 별을 찾았다는 사실을 알렸으나
부족 사람들은 믿지 못했다.
그래서 하월은 말했다.
"저의 그림이 빛나면 믿어주시겠어요?"
결국 하월의 빛나는 그림은 하월의 말이 진심임을 밝혔다.
추장인 붉은 전갈은 웃으며 천막에서 나왔다.
"아무래도 다수결은 무효로 해야겠어요."

행성 Ac6178.이야기

김하원

아주 먼 옛날,
제이드 할아버지는 게임을 만들었어요.

할아버지는 컴퓨터 공간의 이름을
"우주"라고 붙이고,
그 안에 수많은 시스템 공간들을 만들었어요.
이 시스템 공간들에 붙여진 이름은 "태양계"였어요.
할아버지는 태양계를 이루는 맵을 만들고
"행성"이라는 이름을 붙였죠.

할아버지는 이 행성들을 꾸며가기 시작했어요.
이름을 붙이고 행성마다 다른
여러가지 종의 생명체들을 만들었어요.

할아버지의 땀방울로 수십 년에 걸쳐 만들어져
출시된 이 게임은 정말 많은 인기를 끌었어요.
정말 많은 이들이 맵을 선택하고 캐릭터를 선택해 캐릭터의
"삶"을 플레이해 갔죠.

맵 중엔 태양계 Ac143호의
"지구"라는 맵이 가장 인기가 많은 맵이었어요.
사용자들은 게임 속에서 가족을 이루고
"인간" 세상의 질서를 만들어 살아갔어요.
처음엔 평화로웠어요.
사용자들은 욕심 없이 "삶"을 즐겼죠.
모두가 행복했어요.

하지만 제이드 할아버지의 소망과는 다르게
이유 없이 악한 사람들,
가치관이 안 맞는 사람들은 존재했어요.

문제는 이 갈등들이 커져간다는 거였어요.
사용자들은 마음이 맞는 사용자들과 모여
맞지 않는 사람들을 게임 캐릭터를 이용해 비난했고,
약자와 강자가 나뉘고 강한 집단들끼리 싸우기 시작했어요.

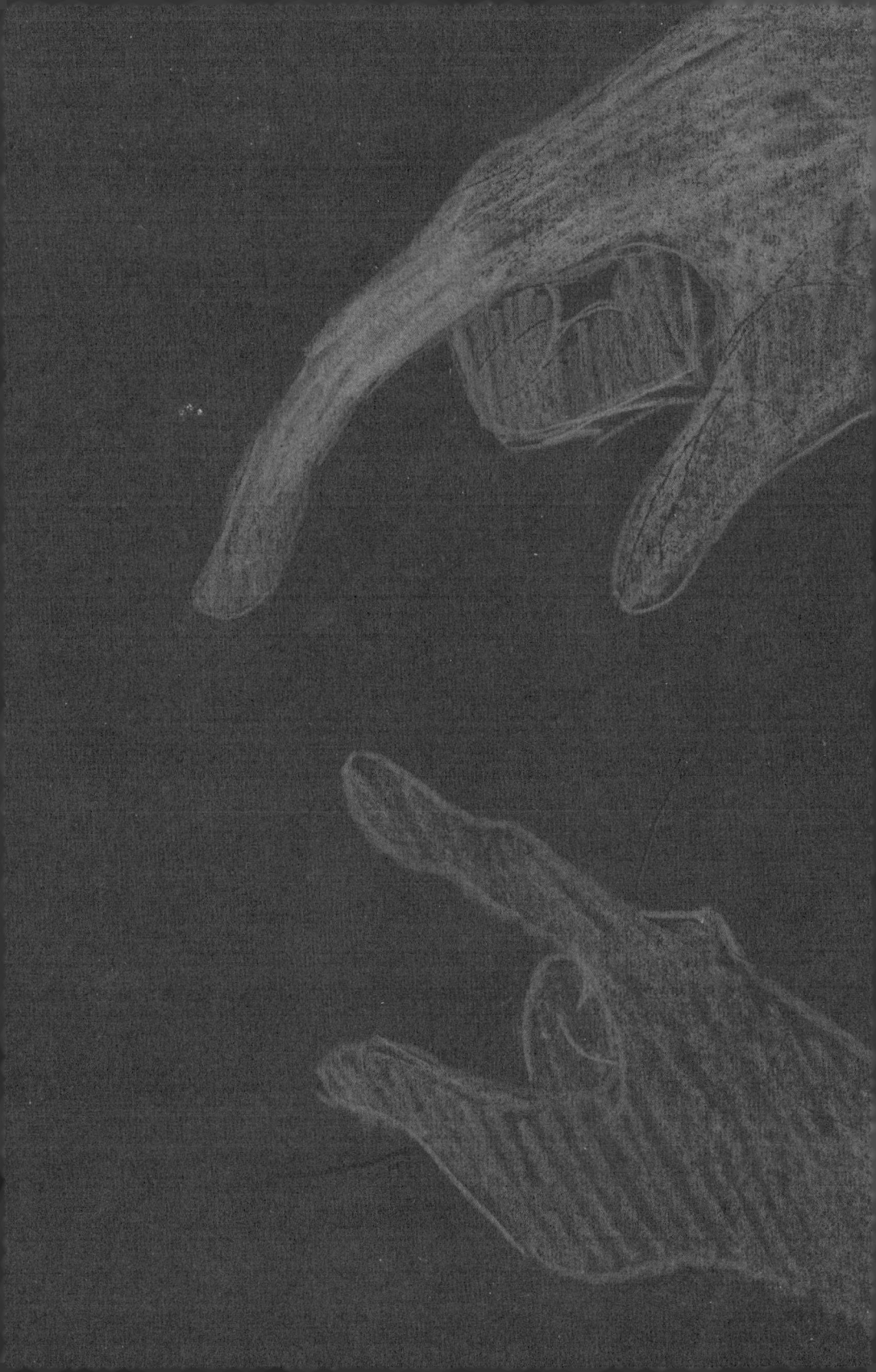

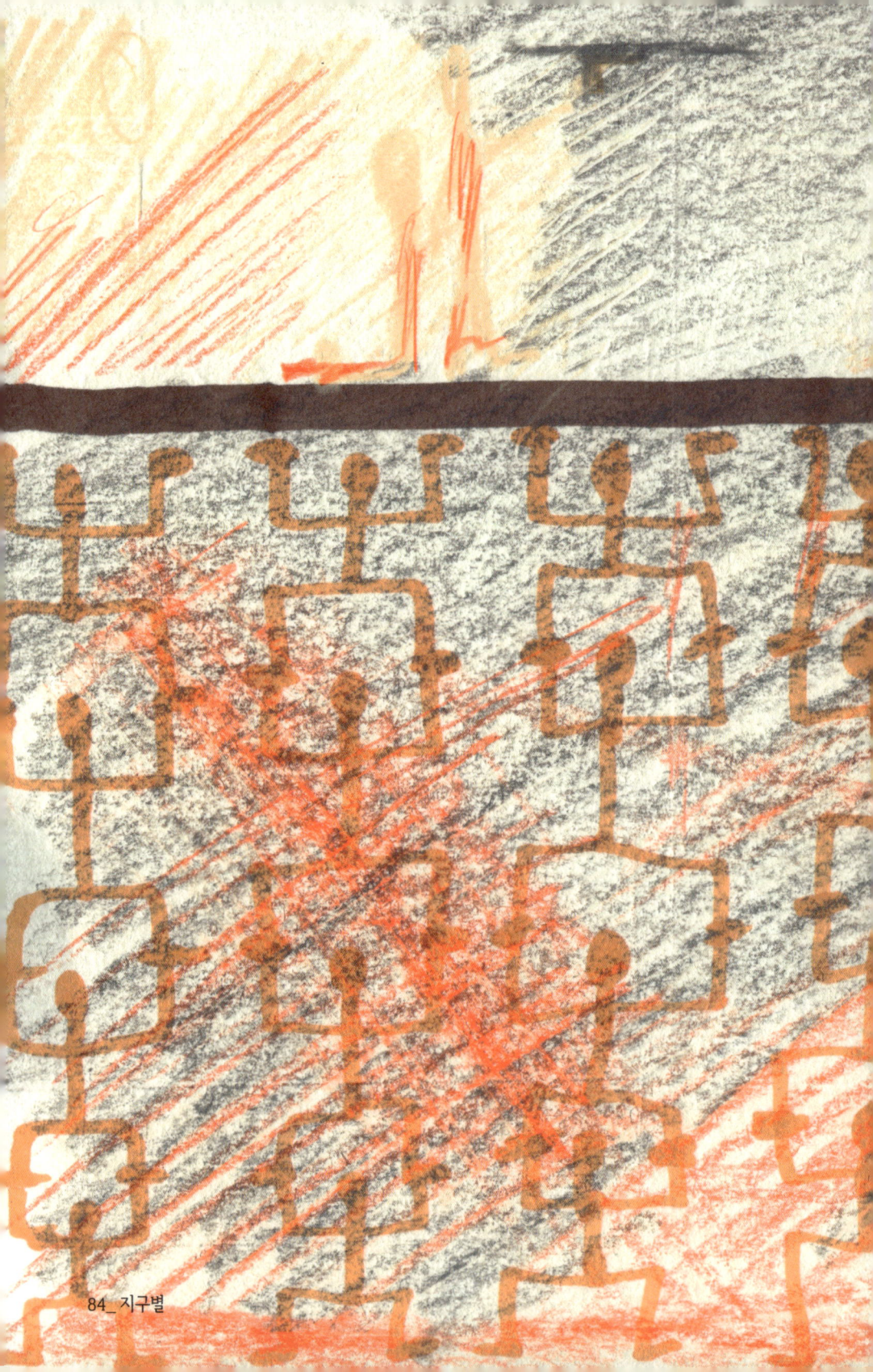

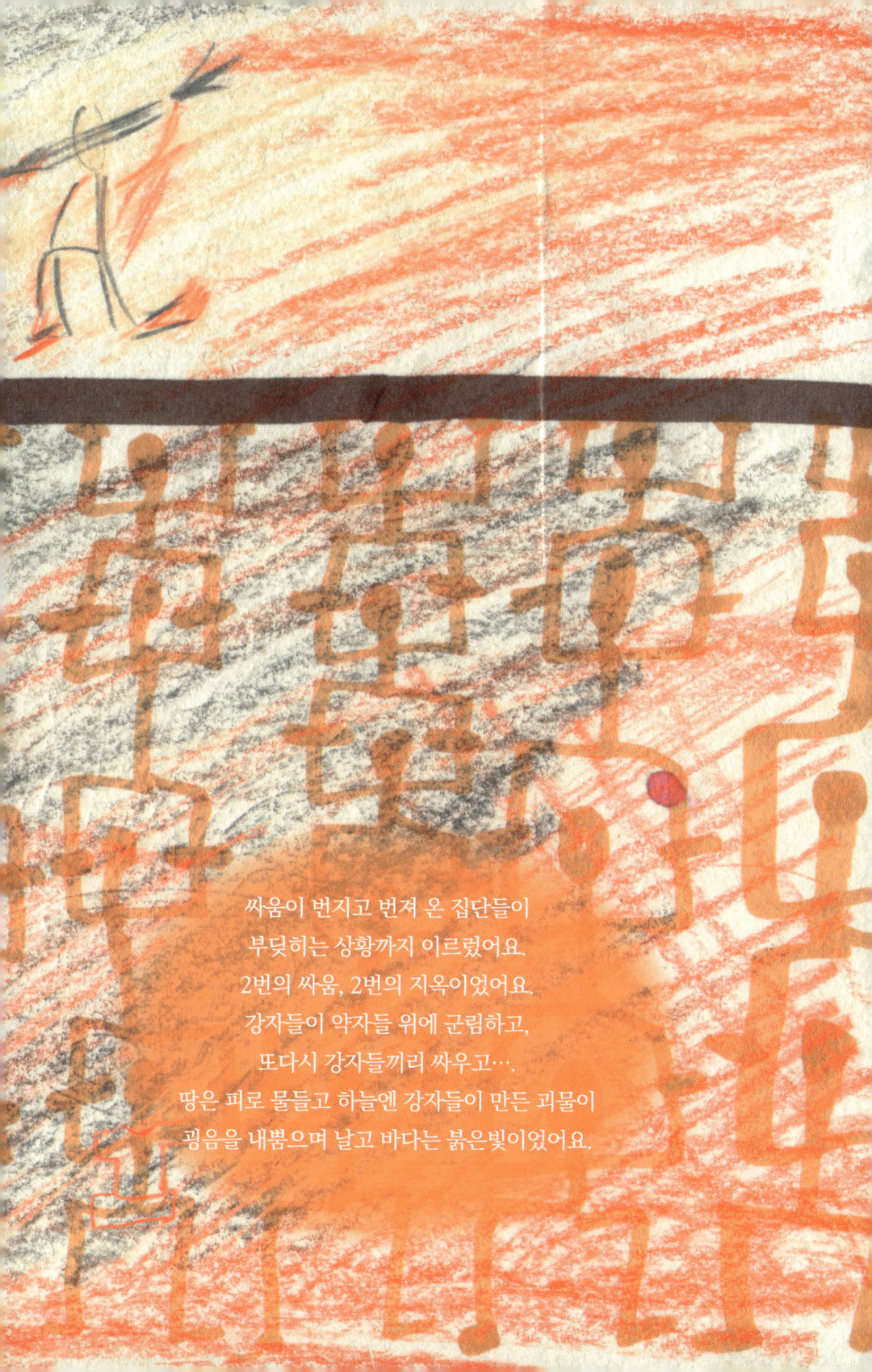

싸움이 번지고 번져 온 집단들이
부딪히는 상황까지 이르렀어요.
2번의 싸움, 2번의 지옥이었어요.
강자들이 약자들 위에 군림하고,
또다시 강자들끼리 싸우고….
땅은 피로 물들고 하늘엔 강자들이 만든 괴물이
굉음을 내뿜으며 날고 바다는 붉은빛이었어요.

할아버지는 너무 괴로웠어요.
할아버지는 이 게임을 만들 때 그저 게임의 사용자들이
소소하게 행복을 느끼고 소속감을 느끼고
평화로운 맵을 꾸며가기 바랐거든요.
할아버지는 자신이 만든 세상 속이지만 캐릭터들에게
미안함과 죄책감을 느꼈어요.

할아버지는 지구 맵 전체에 싸움을 멈출 것을 요구했지만
사용자들은 아직도 서로를 뜯기 바빴어요.

할아버지는 결국 고심 끝에 공지를 올렸어요.
게임 서비스를 중지하겠다고 말이에요.
사용자들의 반발이 빗발쳤지만, 할아버지는 흔들리지 않았어요.

할아버지는 말했어요.
"이 게임을 사랑해 주어서 고맙네. 이 게임은
나의 꿈 그 자체였지…. 나의 인생이 담긴 이 게임을
서비스 중지한다는 건 매우 슬프지만,
이 게임이 탐욕과 증오로 물들어가는 게 더 슬프다네.
나는 당신들에게 자유를 주고 싶어 게임을 선물했지만,
당신들은 그 자유를 올바르지 않은 방향으로 사용했어."

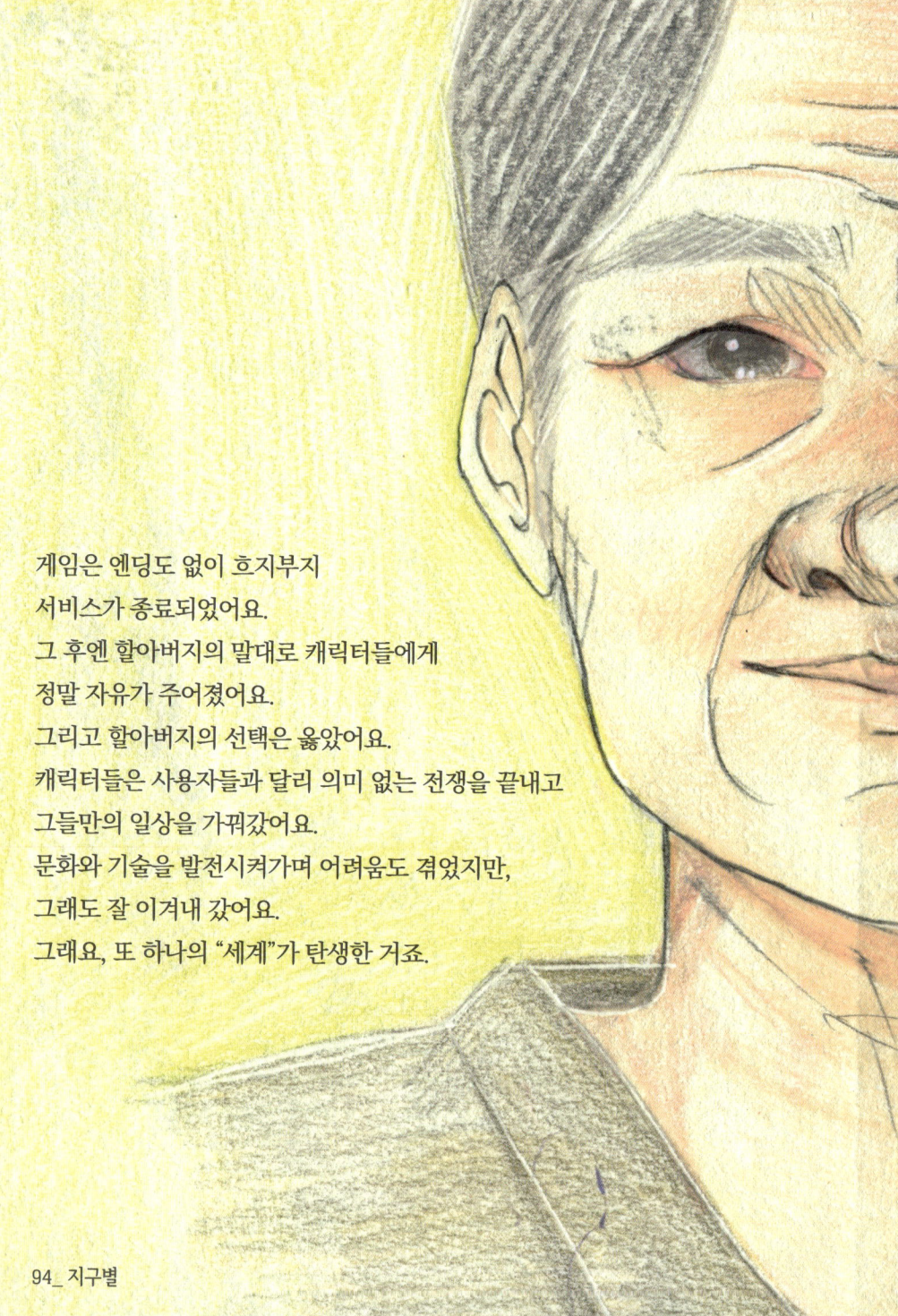

게임은 엔딩도 없이 흐지부지
서비스가 종료되었어요.
그 후엔 할아버지의 말대로 캐릭터들에게
정말 자유가 주어졌어요.
그리고 할아버지의 선택은 옳았어요.
캐릭터들은 사용자들과 달리 의미 없는 전쟁을 끝내고
그들만의 일상을 가꿔갔어요.
문화와 기술을 발전시켜가며 어려움도 겪었지만,
그래도 잘 이겨내 갔어요.
그래요, 또 하나의 "세계"가 탄생한 거죠.

거울 속 우주

노연진

하진이는 그냥 평범한 소녀야.
호기심이 왕성한 10세 소녀.
하진이는 시진이와 함께 공주 놀이를 하고 있었어.

드레스를 꺼내려고 옷장을 열었지.
그런데 옷장 문에 못 보던 거울이 있었어.

하진이와 시진이는 거울에서
눈을 떼지 못했어.
왜냐하면 그 안에
신비롭고 아름다운
무언가가 있었기 때문이야.

하진이는 그것이
'우주'란 걸 바로 알았어.
학교에서 들은 적이 있었거든.
거울 속 우주가 너무 예뻐서
무의식적으로 손이 갔어.
그런데 거울 속으로 손이 통과했어.

하진이는 깜짝 놀랐지만,
궁금증을 참지 못하고
시진이와 함께 거울 속으로 들어갔어.

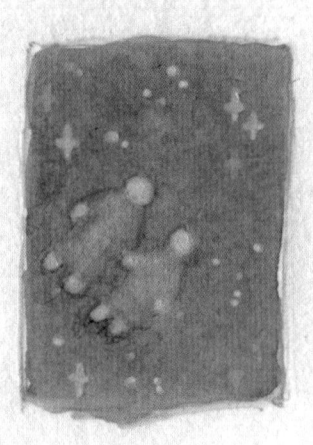

그곳엔 아름다운 우주가 있었어.
바로 옆엔 지구가 있었고,
거울 너머에는 옷장이 보였지.

하진이는 그중에서도 태양이 제일 좋았어.
늘 태양처럼 밝게 빛나고 중심이 되는 사람이 되라는
아빠의 말씀이 떠올랐기 때문이야. :)

그다음으로 하진이는 지구 주위를 돌고 있는 달을 찾았어.
그 우주가 진짜 우주라면 한눈에 들어오지 않을 정도로 컸겠지만,
그곳에서는 장난감처럼 작게 보였어.
달도 운동회 때 볼 수 있는 풍선 공 정도의 크기였지.

달 위를 한 바퀴 걷고 나니 왠지 진짜 우주인이 된 것만 같았어.
그곳에 내가 다녀갔다는 깃발이라도 꽂고 싶었지.

그때 시진이가 사라졌어.
울먹이며 동생을 찾던 하진이는 달토끼와 놀고 있는 시진이를 발견했어.
잠깐 당황했지만, 곧 하진이도 귀여운 달토끼와 신나게 놀았어.

토끼와 즐거운 시간을 보내고 있었는데,
엄마 목소리가 들렸어.
하진이는 시진이를 데리고 서둘러 거울을 통과했어.

눈을 떠보니 옷장이었어.
엄마가 어딜 갔었냐고 물었을 땐
서로를 보며 윙크를 하고….
"비밀!"

박민호

화창한 태양 빛 아래
아파트 놀이터로 가고 있는 뿌듯이는
광대뼈가 없이 태어났다.

뿌듯이가 아파트 놀이터에 나설 때면
얼굴이 무섭다며 도망치는 아이들….
"엄마, 제 얼굴 이상해"
"너, 외계인 닮았어"
호기심이 가득한 친구들은
얼굴을 빤히 쳐다보며 놀리곤 도망쳤다.

뿌듯이는 슬프지만,
텅 빈 놀이터에서 혼자서 시소 타는 것이 즐거웠다.

장 보고 집으로 가다가 놀이터에서
놀림을 당하는 뿌듯이 모습을 볼 때마다
엄마는 마음 한편이 저려온다.

어느덧 아파트 놀이터에서 태양이 지는 순간,
엄마는 노을빛 태양에게 속삭인다.
"태양아, 숨어서 고마워! 나무야, 가려서 고마워!"
뿌듯이가 좋아하는 별빛을 오랫동안 볼 수 있게…

달과 별빛이 드리운 아파트 집 거실에서
엄마는 뿌듯이에게 별사탕을 물려 주며 꼭 껴안아 준다.
뿌듯이는 푸른 지구 별사탕을 오물오물 빨며
달콤한 맛과 따듯한 엄마 품을 느낀다.

매일 별빛을 받으며 엄마가 만든 별사탕!
점점 쌓여 가는 별사탕 항아리들!

"금성 별사탕~ 지구 별사탕~ 달 별사탕~ 화성 별사탕~"
뿌듯이가 별사탕 노래를 하다가 엄마 무릎에서 잠이 든다.
엄마도 뿌듯이 등을 두드리며
얼굴에 대한 미움 없는 세상을 기대하며 노래한다.
"금성 별사탕~ 지구 별사탕~ 달 별사탕~ 화성 별사탕~"

하늘에서 태어난 별들이지만 우리의 이웃이다.
태양이 뜨는 아침에 별빛이 사라져도 참고 기다릴 수 있다.

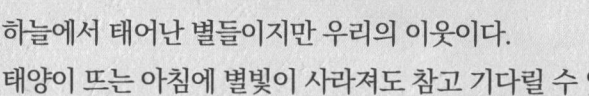

뿌듯이는 입맛 다시며 잠꼬대한다.

"푸른 지구별 사탕아~ 맛있었어~ 고마워!"

Chapter 2.
편집 후기

축하 글
요즘 꿈나무 화가들의 생각

　영재들은 어른보다 현실과 상상의 연결이 더 순수하고 자연스럽습니다. 특히 미술영재들의 글과 그림 속에는 목소리, 향기, 이야기 등이 상상력으로 가득합니다. 서울시교육청 전통문화재단영재교육원 미술영재 심화과정에서는 2년마다 꿈나무 화가의 탄생이라는 놀라운 일이 벌어집니다. 작은 손으로 붓을 흔들며 그림으로 이야기하는 아이들이 어느새 자신이 작가가 된다는 사실에 으쓱거리기도 합니다. 서울시교육청 전통문화재단영재교육원 미술영재 심화과정은 '꿈나무 화가 키우기 프로젝트'로 2년간 현대미술의 실기 수업을 하고 매년 인사동에서 꿈나무 작가들의 수료작품전시회를 선보여 왔습니다. 2년차에 그림책 출간과 졸업전시회를 통하여 매년 4-5명의 졸업생을 배출합니다.
　요즘 청소년 화가들은 어떤 생각을 할까?
　어른들은 알고 있을까?
　그래서 우리는 꿈나무 화가들이 그림책 작가로 나서서 꿈을 알릴 수 있는 창작 단편 그림동화집 '상상그림책' 시리즈를 출판하기로 했습니다. 꿈나무 화가들은 1년 동안 '상상과 이야기'의 주제로 김선두 지도교수님과 남여정 작가님의 지도를 받았습니다. 가족들을 위한 창작이야기 상상그림책 〈마음이 준 선물〉이 2019년에 첫 결실로 출간되어 독자들에게 즐거움과 기쁨을 주었습니다. 2021년 상상그림책2 〈푸른 바다, 소리가 들려요~!〉가 이어서 출간되었고, 2022년 상상그림책3 〈붉은 숲, 소리가 들려요~!〉 2023년 상상그림책4 〈밤하늘, 소리가 들려요~!〉 올해는 상상그림책5 〈지구별, 소리가 들려요~!〉를 출판하게 되어 상상그림책이 더욱 풍성해지고 있습니다.
　출간에 도움을 주신 헥사곤 출판사 조기수 대표님께 감사드립니다.
　이 상상그림책이 어른, 어린이들에게 요즘 청소년 화가들의 생각과 순수한 상상의 세계를 접하는 작은 즐거움과 기쁨을 선사할 것입니다.
　아무쪼록 독자들의 성원으로 꿈나무 화가들이 자신의 꿈에 한 발 더 다가가기 시작했다고 자랑하기를 기대합니다.

2024. 8. 15
서울시교육청 전통문화재단영재교육원
원장 박민호

지도 글

감성을 그리는 아이들

  대상을 똑같이 그려내는 일은 일정 기간 기술을 연습하면 누구나 충분히 가능한 일입니다. 작가와 아마추어의 차이는 그림에 자신의 생각과 감성을 담아 그려낼 수 있는가 없는가에 있다고 생각합니다.

  전통문화재단영재교육원의 미술영재들이 특별한 이유는 여기에 있습니다. 기본의 기술을 뛰어넘어 자신의 생각과 감정을 담아내는 그림을 그리는 훈련을 꾸준하게 함으로써, 자신의 감각과 재능을 발전시켜 나갈 줄 아는 아이들이기 때문입니다. 재능을 가진 아이들은 많지만 그리는 기술을 뛰어넘어 생각과 감성을 그림에 담아내는 연습을 하는 아이들은 소수에 불과합니다.

  미술영재들은 2년간의 수업을 통해 이미지와 이미지의 공통점을 찾는 법을 배우고, 다양한 재료를 다루어 봄으로써 자기 생각과 감성을 가장 효과적으로 표현할 수 있는 방법들에 대해 연구하고, 그려보는 시간을 꾸준히 가져왔습니다.

  이번 그림동화에서 아이들은 그림만으로 이야기가 주는 감동을 읽어낼 수 있게 하기 위해 노력했습니다. 자신의 이야기를 더욱더 효과적으로 전달하기 위해 애쓰고 고민하던 노력의 시간들이 앞으로의 더 큰 성장의 원동력이 될 것입니다.

  이런 특별한 영재들이 존재하기에 우리의 미래는 밝습니다. 저희 미술영재들의 특유의 감성이 고스란히 담겨있는 그림동화가 여러분들의 마음에 소중히 담아둘 수 있는 특별한 그림동화가 될 수 있기를 바랍니다.

2024. 8. 15
화가
남여정

저자후기
그림책 작가 6인의 메시지

이혜성의 여행
조은솔 | 신동초등학교 6학년

안녕하세요. 〈이혜성의 여행〉을 쓴 조은솔입니다. 저는 전통문화재단 미술영재원의 미술심화과정을 시작할 때부터 그림 동화책 제작만 기다려왔습니다. 평소에도 이야기 구상을 좋아해서 소설을 자주 쓰기 때문입니다. 이전에도 그림 동화책을 만들어봤는데, 지나고 보니 아쉬운 부분이 많아 이번에는 더 만족스러운 책을 만들기 위해 노력했습니다.

여전히 글을 쓰고 구성하는 일, 그림을 그리는 일은 어렵고 힘들었지만 그만큼 뿌듯하고 만족스럽습니다. 그림 동화책 제작을 도와주신 선생님들과 함께한 친구들 모두 감사합니다.

어둠 속 등불
신유이 | 경인초등학교 6학년

길거리에서 정겹게 인사하는 아주머니들, 입안에 침 가득 고이는 맛있는 분식집 떡꼬치. 저는 이러한 우리 주변에서 흔하게 볼 수 있는 풍경이 제 그림에서 되살아나는 것이 신기해 그림 그리기를 좋아하게 되었습니다. 제가 쓰는 이 동화는 용기 있는 한 인디언 소년에서 시작합니다. 그 소년은 어느샌가 이 동화에서, 진싸로 살아가는 소년처럼 느껴집니다. 아마 그 이유는 이 소년은 특별히 다른 사람들보다 더 용감한 것이 아니기 때문일 것입니다. 이 소년을 두드러지게 만드는 것은 아마 자신의 목표를 이루고자 하는 의지일 것입니다. 동화책을 읽는 분들께서도 소년처럼, 다른 이들에게 휩쓸리지 않고 자신만의 목표를 이루어내고, 자신만의 이야기를 쓰기 바랍니다.

행성 Ac6178
김하원 | 고양중학교 1학년

누구나 한 번쯤 해봤을 생각인 '어쩌면 이 세상은 게임 속이 아닐까? 누군가 날 조종하고 있는 것은 아닐까?' 하는 머릿속에서만 맴돌던 상상들로부터 이 동화가 탄생하게 되었습니다.

2차 세계대전을 아시나요? 저는 앞에서 설명한 '인간 조종'이라는 키워드를 끔찍했던 2차 세계대전에 혼합한 것입니다. '모두 인간의 의지가 아닌 조종당했을 뿐이었다...'라는 스토리입니다.

저는 여러분이 이 동화를 통해 하나의 주제로부터 결말 후의 미래, 외계 생명체 등 상상들이 뻗어나가길 바랍니다.

거울 속 우주
노연진 | 자곡초등학교 6학년

우주에는 태양계가 있고, 중심인 태양과 8개의 행성으로 이루어져 있습니다. 하진이는 어느 날 특별한 거울을 발견해 우주여행을 하게 됩니다.

 이 동화의 두 주인공인 하진이와 시진이는 저의 동생들입니다. 하진이는 저보다도 궁금한 것이 많은 호기심이 풍부한 아이이고, 시진이 역시 어떤 음식이든 두려워하지 않고 직접 먹어보고 맛을 느끼고 싶어 하는 호기심 많은 아이입니다. 이런 저의 두 동생들을 위한 모험적인 이야기를 쓰고 싶었습니다. 무슨 이야기로 써야 할지 고민하는 중에 하진이가 좋아하는 영화인 '거울 나라의 앨리스'가 떠올랐고, 〈거울 속 우주〉라는 제목으로 시작했습니다. 하진이는 시진이와 함께 여행을 하는데, 여행하면서 아빠 엄마의 생각도 하고 귀여운 달토끼도 만나게 됩니다. 저는 이 동화에 두 동생들의 동심을 표현하고 싶었습니다.

미술영재 청소년 화가들의 상상그림책 5
지구별, 소리가 들려요~!
김하원 노연진 신유이 조은솔 남여정 박민호

2024년 9월 5일 초판 1쇄 발행

지 은 이	김하원 노연진 신유이 조은솔 남여정 박민호
	(전통문화재단 영재교육원 미술영재 심화과정 청소년 화가 4인)
펴 낸 이	조동욱
기 획	전통문화재단 영재교육원 박민호 / 헥사곤 조기수
펴 낸 곳	출판회사 헥사곤 Hexagon Publishing Co.
등 록	제 2018-000011호 (2010. 7. 13)
주 소	경기도 성남시 분당구 성남대로 51, 270
전 화	070-7743-8000
팩 스	0303-3444-0089
이 메 일	joy@hexagonbook.com
웹 사 이 트	www.hexagonbook.com

ⓒ 김하원 노연진 신유이 조은솔 남여정 박민호 전통문화재단
  2024 Printed in Seoul, KOREA

     ISBN 979-11-92756-50-9   77810
     ISBN 979-11-89688-95-0   (세트)

* 이 책의 전부 혹은 일부를 재사용하려면 저자와 출판회사 헥사곤 양측의 동의를 받아야 합니다.
* 앞 표지의 그림은 청소년 화가의 작품입니다.

1. 제조사명 : 헥사곤   2. 전화번호 : 070.7743.8000
3. 제조년월 : 2024년 9월   4. 제조국명 : 대한민국
5. 주   소 : 경기도 성남시 성남대로 51, 270
6. 사용연령 : 4세 이상
주의사항 : 사람을 향해 던지거나 떨어뜨리면
          다칠 수 있으니 주의하세요.